Viktor Blüthgen

Die schwarze Kaschka

Operndichtung in vier Aufzügen

Viktor Blüthgen

Die schwarze Kaschka
Operndichtung in vier Aufzügen

ISBN/EAN: 9783743650374

Hergestellt in Europa, USA, Kanada, Australien, Japan

Cover: Foto ©Andreas Hilbeck / pixelio.de

Weitere Bücher finden Sie auf **www.hansebooks.com**

Die schwarze Kaschka.

Operndichtung in vier Aufzügen

von

Victor Blüthgen.

(Nach seiner Novelle gleichen Titels.)

. .

Musik von Georg Jarno.

Druck und Verlag

Neue Berliner Verlags-Anstalt Aug. Krebs, Charlottenburg,
Berliner Straße 40.

Personen.

— ·· —

Stortebek, ein reicher Bauer.

Peter, dessen Sohn.

Die Muhme, Schwester des Bauern.

Kaschka, mährische Bauerntochter.

Der Krugwirth, zugleich Dorfschulze, Peters Freund.

Die Krugwirthin.

Stefan Juritsch, Mähre, 1866 in Holstein zurückgeblieben und zur preußischen Marine übergetreten.

Klaus Steven, Oberheizer bei der Marine.

Ein Bauernbursch.

Ein Matrose.

Burschen und Mädchen vom Dorf. Dorfkinder. Matrosen und Mädchen aus der Stadt.

Ort der Handlung: ein pommersches Küstendorf.

Zeit: Erster Aufzug Sommer 1867, zweiter und folgende Sommer 1868.

— ·•·· —

1*

Erster Aufzug.

Handlung:

Ein Zug spazierender Dorfjugend bringt Kaschka auf den Stortebekschen Bauernhof, ein mährisches Bauernmädchen, das im Jahr zuvor Peter als Einquartirung im elterlichen Gehöft kennen gelernt, den an der Cholera Erkrankten gepflegt und sich dem heimlich Geliebten auf ein Heirathsversprechen hin ergeben hat; jetzt kommt sie verzweifelt, um mit ihrem Kinde, das ihr die Krugwirthin einstweilen abgenommen, ihr Recht zu fordern. Die bissige Muhme, die mit Peter auf gespanntem Fuße steht, holt den Vater, und dieser lockt aus Kaschka durch die halbwahre Erklärung: Peter sei bei seiner Braut (die Verlobung ist noch Projekt), alles heraus, was sie wissen wollen. Den Versuch, das erregte Mädchen mit Geld abzufinden, beantwortet dasselbe mit leidenschaftlichen Verwünschungen. Da erscheint Peter, versucht in der Verwirrung mit dem Vater zu verhandeln: der lehnt brüsk ab und geht mit der Muhme ins Haus, wo beide unbemerkt beobachten. In dem gereizten Peter, der noch unschlüssig, wacht die alte Liebe auf, die Drohung, sich ins Wasser zu stürzen, führt Kaschka wieder in seine Arme: er entschließt sich, sie zu heirathen und den Elternhof mit einem bescheidenen Fischerdahein zu vertauschen, welchen Entschluß er dem Vater, als dieser noch einmal zu hastiger Warnung erscheint, in schroffster Form zuschleudert.

Erste Scene.

Stortebeks Hof. Sommerabend. Die Muhme nimmt Wäsche ab. Burschen und Mädchen vom Dorf auf dem Abendspaziergang singen näherkommend hinter der Scene.

Chor.

Ich stand in Thau und Gräsern
Des Morgens halber vier,
Da kam ein schön schlank Mädchen
Des Morgens halber vier.
Und hast Du nicht meinen Schatz gesehn?
Ein Reiter, ein Streiter,
Ein Blaukürassier . . .

(Treten auf, mit ihnen Kaschka in mährischer Tracht.)

:,: Ließ mich die Nacht alleinig stehn,
War gestern noch bei mir. :,:

Bauernburich (zu Kaschka).

Hier wohnt er. Fragt nur die Frau dort!

Kaschka.

Ich danke Euch.

Chor (im Abgehn).

Und steht Dein Schatz beim Militär:
Soldaten, Soldaten,
Es kann nicht anders sein — (hinter der Scene:)
:,: Soldaten müssen ausmarschir'n,
Der Schatz weint hinterdrein. :,:

Kaschka.

Ich bitt, ich komme weit her:
Bei Brünn bin ich zu Haus.
Den Stortebek-Peter such ich.
Ist dies sein Hof . . .

Muhme (für sich).

Was will sie nur?

Kaschka.

Ist er daheim?
Wenn Gnade Ihr erhofft im Himmel —
Ruft ihn heraus zu mir!

Muhme.

Ihr sagt: bei Brünn? Und sucht den Peter?
Ei so so! . . . . Er wird wohl hier sein . . .

(Mit dem Korbe ab in das Haus.)

Kaschka.

Die Füße zittern mir, mir pocht das Herz.
Jungfrau Maria, mein Trost,
Aller Gnaden Hort:
Beschütz mich in dieser Stunde!
Den Vater gieb für mein Kind!
Neig ihn zu mir, o Stern der ewgen Liebe —
Ich wär verloren, wenn er treulos bliebe!

Zweite Scene.

Stortebek Vater

(kommt mit der Muhme: diese bringt eine Schüssel, setzt sich auf die Bank am
Hause und schält Kartoffeln).

Der Peter ist nicht hier.
Ihr kommt aus Brünn, kennt meinen Sohn?
Wer seid Ihr?

Kaschka.

Bin vom Lande, eines Bauern Tochter.
O gönnt ein Plätzchen auf jener Bank mir!
(Deutet auf eine Bank unter einem Baum.)
Ich bin müde.

Vater.

Er kommt so bald nicht, ist im Dorfe — (forschend:)
Bei seiner Braut.

Kaschka.

Bei der Braut? Allmächtiger!
Ich glaubs nicht — nein, nein!
Ein Jahr nur verging, daß er ewige Treu mir gelobt,
Und heute schon bänd ihn ein treuloser Schwur?
So schlecht sind andre Männer wohl, doch Peter nie —
Nicht wahr, Ihr ängstigt mich nur?

Muhme (zum Vater).

Da höre, was sagt ich Dir? Liederlich ist der Herr Sohn,
Nun kommt seine Schande und stürmt uns das Haus!

Vater (zu Kaschka).

Mags Euch schmerzen, wer kanns ändern?
Liebesweh im Herzen dauert nicht lang.

Kaschka.

Sagt, daß Ihr gelogen; sagt, daß Ihr gelogen!
O seid barmherzig, gesteht!
Weh ihm, wehe mir, ließ er Ehr und Pflicht!
Nein, ach, fragt ihn nur er verstößt mich nicht:
Glaubts doch, denn ich bring ihm sein Kind!
O hört mich an!

(Romanze:)

Vorm Jahr, nach dem blutigen Kriege,
Kam ins Quartier zu den Eltern mein Liebster;
Blond und blauäugig und freundlich,
Stahl mir das Herz der fremde Mann.
Stumm trug ich meine Qualen,
Ging aus dem Weg vor ihm.
Der Himmel fügt es anders.
Ihn befiel die böse Seuche!
Ich pflegte ihn, wacht um ihn —
Früh, wenn er Schlaf gefunden,
Ging ich für ihn beten.
Und er genas und lebte.
Dann nahm er ans Herz mich, die Seine,
Nannte mich Braut und beschwor mir die Treue,
Heim zu sich wollt er mich holen —
Ach, und ich wartete auf ihn!
Er kam nicht. Er kam nicht!
Nichts kam, als Spott und Schande —
Ich bitt Euch, erbarmt Euch mein!
Elend acht aus der Fremde
Schlepp ich mich her — mein Kind —
Und meine Schmach!

Muhme.

Leichtfertig war er,
Und Ihr ein liederliches Weibsbild.

Kaschka.

Da schlug Euch Gott ins Angesicht — Ihr lügt!

Vater.

Schweig, Schwester!
(Zu Kaschka:) Ihr habt Euer Kind hier?

Kaschka.

Im Kruge ließ ich's, in der Wirthin Obhut.

Vater.

Setzt Euch dort nieder.
(Zur Muhme:) Geduld, ich komm gleich wieder.

(Kaschka setzt sich auf die Bank unter dem Baume. Der Vater ab
ins Haus, kehrt mit einem Beutel voll Geld zurück. Kaschka steht auf.)

Hört zu! Ihr dauert mich.
Soldatenliebschaft ist kein Sakrament:
Nehmt Euer Kind und zieht nach Haus —
Dies Geld ist Euer nach Gesetz und Recht.

Kaschka (auf ihn zugehend).

Wie? Das wär Euch Ernst?
Wie? Ihr bietet Geld?
(Taumelt.)
Was ficht mich an?
(Nimmt den Beutel.)
Verfluchter Schacher! Da!
(Wirft den Beutel zur Erde.)

Muhme.

Ha, freche Närrin!

Kaschka.

Mög Euch die Saat verdorren auf dem Feld!

Vater.

Hört auf!

Kaschka.

Die Sucht in Euer bestes Vieh!
Gott — sie wollen mein Verderben;
Verdirb auch sie!

Vater.

Genug!

— — ▪ —

Dritte Scene.

Peter (kommt vom Dorfe).

Heda, was zankt sich hier? . . . .
O Gott, die Kaschka!

Kaschka.

Erlöse mich, Treuloser!
Drüben im Krug wartet Dein Kind.
Sag, daß Du Dich mir angelobt,
Dein Weigern wär mein Tod!

Vater (zu Peter).

Merk auf:
Du bist hier verlobt, die Dirne füg sich drein —
Geschehe was will, mein Haus bleibt rein.

Peter.

Warum so heftig?

Vater.

Schweig! Sorg, daß sie geht!

Peter.

Schlecht ist sie nicht; Vater, bedenkt Euch!

Vater.

Du bist mein Erbe nicht —
Mit dieser Dirne nie, nie!

Peter.

Schmält nicht die Arme, mein ist die Schuld —
Hört mich erst, Vater; nur hier — Geduld!

Vater.

Das Weib, das mich verflucht mit Hof und Feld:
Ich kauf mich los von ihr; dort liegt ihr Geld.

Muhme.

Ein Kind gleich — ha, welch ein Skandal!
(Zum Vater:)
Gieb Acht, gieb Acht, er schwatzt Dich dumm.
Jag sie fort!

Peter.

Ihrer Pflege dank ich wohl mein Leben —
Hierbei red ich mit — ei so lauft, ich bleib!

Vater.

Spar Dein Wort, es bleibt dabei!
(Im Abgehen:)
Ich bin taub, stocktaub; schaff das Weib fort!
(Ab ins Haus, die Muhme hinterher.)

Vierte Scene.

Kaschka.

Du bist verlobt mit einer Andern? Sprich!

Peter.

Ich wollt, ich wärs, hätt nur von Dir geträumt.

Kaschka.

O sei gepriesen, Benedeite! Hab Dank, hab Dank!

Peter.

Juble nicht!
Kein Vaterhaus, kein Segen Dir und mir —
Das trägt sich schwer.
Mühselig Fischerbrot — ob uns das munden wird?

Kaschka.

Wie, das willst Du nicht wagen?
Ich, was mußt ich tragen
Um Dich und um Dein Lieben?
Ich bin Dir treu verblieben,
Zog in die Fremde gar —
Weh, ich gab Dir alles dar!

Peter.

Welche Qualen! . . . Kaschka, kehr heim!

Kaschka.

So fahre hin in Deinen Sünden!
Ich geh ins Wasser.
                    (Peter umfaßt sie.)
Laß mich — laß mich — gieb mich frei!

Peter.

Nein, ich laß Dich nicht;
Du leidenschaftlich Mädchen,
Dich halt ich fest.
Mein sollst Du sein, was auch folgen mag!

Kaschka.

Dein? Dein ehrlich Weib?

Peter.

Ja, mein!

Kaschka (kniet).

O laß mich hier knieen;
Mich blendet die Sonne —
Die Nacht war gar so dunkel!

Peter (hebt sie auf).

Steh auf, Du holdes Mädchen;
Mich quält meine Schuld,
In Armen der Liebe
Will selig ich büßen.

Kaschka (in seinem Arm).

O Liebster!
Lach doch so lieb, mein einzig Glück,
Wie Du mir einst gelacht!
Schau mir ins Aug, Du trauter Blick,
Der mich so elend gemacht!

Peter.

Ließ Dich der Schatz so ganz allein?
War Dir so bang zu Muth?
Hast auch geweint, süßes Mädchen, sag,
und bliebst mir doch gut?

Kaschka.

Was mich gequält, der Schmerz, die Pein —
Liebster, jetzt weiß ichs kaum.
Ewig bei Dir, bei Dir zu sein . . .

Peter.

Was ich gefehlt, mein Herz blieb Dein,
Schied uns auch Zeit und Raum.
Ewig bei Dir, bei Dir zu sein . . .

Kaschka.

Bleibe, Du süßer Traum!

Peter.

Nein, Lieb, das ist kein Traum!

Kaschka.

Zärtlich geborgen fürcht nicht die Reue!
Drohn uns auch Sorgen . . .

Peter.

Gott lohnt wohl Treue.

Kaschka.

. . . . die Treue.

(Umfaßt ein paar Schritte zurück:)

Beide.

Fürcht nicht die Reue,
Gott lohnt die (wohl) Treue . . . .

Peter (zärtlich).

Du Liebe!

Kaschka.

Du Süßer!

Beide (getrennt vortretend).

Trotz allem, was uns scheiden mag!
Wir bleiben fest vereint.
Dein bleib ich bis zum allerletzten Tag . . .
(Die Arme breitend, sich umfassend, rasch dem Hintergrunde zu.)

Vater
(aus der Thür eilend, in der die Muhme stehen bleibt).

Zurück! Geh nicht mit!
Hör mich an!
Bei Deiner Mutter Sterben —
Bleibe! Du gehst ins Verderben!

Peter (bleibt stehen).

Nein! Bei meiner Ehre: nein!
Ich laß sie nicht!
(Rasch mit Kaschka nach links hinten ab, während der Vorhang fällt.)

— • ◄►• — —

.

Zweiter Aufzug.

Handlung:

Ein Jahr später. Die Ehe fällt nicht glücklich aus, Kaschka heißblütig, mißtrauisch und nervös durch ihr Schicksal, bleibt vereinsamt, will auch Peter den Verkehr im Dorf wehren und quält ihn mit Eifersucht auf jenes Mädchen, mit dem er sich verloben gewollt. Die einzige Freundin der jungen Frau bleibt die Krugwirthin, der sie bei viel Arbeit bedienen hilft. So eines Tages, da sich Matrosen mit Musik angesagt haben, den Geburtstag eines der ihrigen in Gesellschaft von Freundinnen zu feiern: des Stefan Juritsch, der, ein geborener Mähre, 1866 in Holstein zurückgeblieben und in die preußische Marine eingetreten ist. Peter, der seine Frau nach einer schlimmen häuslichen Scene hinbegleitet hat, klagt in der Gaststube den Wirthsleuten sein Leid; als Kaschka, die inzwischen ihr Kind versorgt hat, erscheint, läuft er demonstrativ hinaus. Dorfjugend erscheint tanzlustig, der Festredner Klaus, der ein paar Kinder aufgegriffen und ihnen eine Begrüßungscene einstudirt hat,

2*

endlich die Matrosen: es entwickelt sich eine lebhafte Scene, die damit endet, daß alles sich hinterm Rücken des Fest= redners in den Garten hinaus stiehlt, worauf dieser nach= folgt. Nur Kaschka mit Stefan, der vom Wirth erfahren, daß sie eine Landsmännin von ihm, bleiben zurück, dieser erst schäkernd, dann sich durch ein mährisches Volkslied zu erkennen gebend. In aufquellendem Heimweh sprudelt die junge Frau vor ihm alles heraus, was sie auf dem Herzen hat. Stefan verspricht theilnehmend, sie zu besuchen, um Peter den Kopf zurecht zu setzen, währenddes beginnt nebenan im Saal der Tanz. Man beobachtet die beiden; Mädchen kommen, Stefan neckend zu holen, dann Peter, dessen Er= bitterung sich plötzlich in Eifersucht umsetzt. Während der Grollausbrüche des nicht mehr Nüchternen gegen Kaschka erscheint Stefan mit dem Wirth, spricht Peter scherzend an — dieser versucht, dem Abgehenden ein Glas an den Kopf zu werfen, später zu ihm in den Saal zu dringen, da man ihn hindert, läuft er wüthend davon.

Erste Scene.

Gaststube im Krug, für ein Fest dekorirt. Durch ein Fenster in der Hinterwand Ausblick in den erleuchteten Tanzsaal. Peter sitzt bei einem Glase Bier. Wirth und Wirthin am Buffet thätig.

Wirthin (zu Peter).

Sie klagt — Ihr klagt.
Wer trägt die Schuld?

Wirth (zu Peter).

Ihr beide.

Peter.

Gut. Doch hier — hier frißts! Verflucht!

Wirthin.

Das mag verstehn wer kann.
Ists schon aus mit Eurer Liebe?

Peter.

Wir sind ein traurig Paar;
Gern möcht ichs ändern!
Ach, dieses eine Jahr —
Zehn wiegts an Qual mir!
Die Jugend ohne Sorg und Grämen —
Wo blieb der Freiheit goldne Zeit?
Sie kam, mir Vaterhaus und Jugendglück zu
      nehmen —
Ja: zum Narrn macht mich das Weib, ich muß
      mich schämen.

Ewig eifersüchtges Grollen,
Von früh bis spät nur Trotz und Schmollen —
Helft mir, ich bitt Euch!
Mit meiner Kunst ists aus.

Wirthin.

Wir kommen hin, da sprecht Euch aus vor uns.

(Kaschka, in pommerscher Tracht, tritt rasch ein.)

Wirth (zu Peter).

Da ist Dein Hauskreuz.

(Peter steht auf, geht an Kaschka vorbei ab.)

Kaschka.

Laßt ihn nur laufen . . . Immer lauf, nur zu!
Alle Welt weiß, wohin?

(Spricht mit der Wirthin; geht mit ihr ab, während die ersten Gäste
eintreten, Burschen und Mädchen vom Dorf, erst einzeln, dann
truppweise.)

————— ∗ —————

Zweite Scene.

Ein Mädchen.

Das giebt wohl Tanz hier?

Erster Bursch.

Was ist denn los? (Zum Wirth:) Grüß Gott!

Wirth.

Grüß Gott! Erfuhrt Ihr nichts? — Grüß Gott!

Zweiter Bursch.

Matrosen mit Musik — ja, ja, das zieht!

Erster Bursch.

Marine gar — das zieht!

Dritter Bursch.

Matrosen, Marine gar — das zieht!

1. Chorgruppe (inzwischen eingetreten).

Sopran (zu den Männern):

Ei bleibt doch da — gleich wird man tanzen!
Kein Mensch wird bös drum sein,
Tanzt eins mal mit.

Alt (zu den Männern):

Ei bleibt doch auch mit da, lustig wirds gewiß!
Kein Mensch wird bös drum sein —
Wir tanzen mit.

Tenor und I. Baß:

Laßt uns bleiben: was sie treiben,
Lustig wird es sicherlich;
Muntre Pflanzen! Wenn die tanzen,
Wir tanzen mit.

II. Baß (zu den Mädchen):

Ach, wollt Ihr wirklich bleiben?
Heiß wirds verdammt hier;
Doch wir halten Schritt, ja —
Tanzen auch mal mit.

2. Chorgruppe (inzwischen eingetreten)

Sopran (zu den Männern):

Ei genug, wir tanzen mit,
Euch faulem Volk zum Spott.
Nur von blauer Jungen Arm geschwungen
Tanzt man flott.

Alt (zu den Männern):

Ei, wir werden draußen stehn,
Das fehlte noch.
Stellt Euch so närrisch, so herrisch nicht,
Ihr folgt uns doch!

Tenor (zum Wirth):

Endlich wieder ein Vergnügen!
Schulz, bei Euch ist nichts mehr los.
Thät sich's nicht wie heut mal fügen,
Wüchs Euch im Saal schon Moos.

I. Baß (zu den Mädchen):

Ei natürlich, wenn Matrosen kommen,
Seid Ihr gleich dabei.
Weh — wenn sie abgeschwommen,
Kommt an uns die Reih!

II. Baß (zu den Mädchen):

Ihr solltet Euch was schämen,
Rennt, weil blau Tuch in Sicht.
Doch sich um Euch zu grämen,
Lohnt sich wahrlich nicht.

(Der 2. Chor von allen wiederholt, zum Schluß Lachen. Während des Chorgesangs wird der Wirth mit Getränk in Anspruch ge=
nommen, während des Lachens tritt Klaus mit Kinderchor ein.)

Klaus (wichtig).

Ich bitte, Platz und Ruhe!

(Ueberreicht dem Wirth einen Humpen.)

Füllt diesen Humpen an mit edlem Wein!

(Zu den Kindern, die er rasch gruppirt:)

Nochmal probirt! — Aufgepaßt:

Eins — zwei — drei — vier —

Kinderchor.

Heil ihm, der da naht
Auf dem Ehrenpfad!
Froh begrüßt Jan Maat
Ihn als Kamerad,
Schenkt ihm treu gesinnt
Dies zum Angebind
Und ruft: Es lebe Stefan Juritsch,
Unser Geburtstagskind!

Matrosenchor (hinter der Scene).

Hoiahoh! — Wenn das Leben uns nicht mehr
schäumt
Und das Herz kein zärtlich Glück mehr erträumt —
Hoiahoh! — wenn das Zechen schafft Magenpein,
Dann ade, du schale Welt, will lieber begraben
sein.

(Treten auf, vorweg Stefan, von zwei Matrosen geleitet; in Be-
gleitung der Matrosen Mädchen aus der Stadt. Klaus ergreift den
Humpen, dirigirt:)

{ **Kinderchor** wiederholt.
{ **Matrosenchor** wiederholt.

(Während dessen giebt Klaus den Humpen an Stefan.)

Stefan.

Heißen Dank dafür.
Zum Wohl Euch allen hier! (Trinkt.)

Alles.

Er lebe hoch!

Klaus.

Bist ein nobler Jung,
Beweise giebts genung. (Holt einen Tisch.)

Alles.

Hoch!
Durch Sturmgebraus
Volldampf voraus!
Zech noch mit Enkeln draus — trink aus!

(Stefan trinkt aus. Klaus steigt auf den Tisch, während Stefan
frisch füllen läßt.)

Klaus.

Kameraden!
Das menschliche Leben betrachten wirs recht —
Was ists? Ein Räthsel.
Ein unlösbares Räthsel. Ein . . .

Alles in der Nähe

(auf ihn einstürmend, ihn herunterziehend und Stefan mit Krug
auf den Tisch hebend):

Genug! Ganz recht! Laß Stefan hinauf!
Ein Lied! Ein Lied!
Herunter! Der Stefan muß singen!

Stefan.
(Trinklied.)

Kling klang — das ist das schönste Lied,
Macht mir munter mein Geblüt.

Im Faß, da reift das feinste Naß,
Keinem Narren gönnt ich das.
Bin ein lustiger Vogel im laubigen Baum,
Manche holde Maid sieht mein Bild wohl im Traum,
(wirst Kaschka, die unauffällig eingetreten, Kußhände zu und
behält sie im Auge)
Und mein Herz ist nicht von Stein —
Heut da schwör ich nur zum Wein!

Chor.
Unser Herz ist nicht von Stein —
Heut da schwören wir zum Wein!

Stefan.
Prost! (Trinkt.)
Chor.
Prosit! Hoch!
Stefan.
Kling klang — das ist das schönste Lied,
Seiner wird kein Zecher müd.
Der Pfropf — faßt den Burschen frisch beim Schopf!
Ist fürwahr ein geizger Tropf.
Auf dem Schatze liegt wie ein Drache der Schuft.
Gold und rother Rubin — marsch heraus an die Luft!
Morgen fällt der Himmel ein,
Heut noch will ich selig sein!

Chor.
Morgen fällt der Himmel ein,
Heut noch wolln wir selig sein!
Prosit! Hoch!
(Steigt herunter. Die Matrosen umringen ihn.)

Ein Matrose.
Stefan, rück heraus!

Einzelne Matrosen.

He, was wird spendirt?

Alle Matrosen.

So kommst Du nicht davon.

Stefan.

Trinkt, was Ihr trinken wollt.
Was hier sitzt (schlägt auf die Tasche), geht drauf.

Klaus (wieder auf den Tisch gestiegen).

Kameraden!
Das menschliche Leben, betrachten wirs recht,
Was ists? Ein Räthsel. Ein unlösbares Räthsel.
Wohl mancher grübelt nach,
Doch dunkel bleibts in Ewigkeit . . .

(Während dessen hat sich alles heimlich lachend in den Garten hin=
aus verzogen, der Wirth, von Stefan mit kurzem Gespräch unter
Hindeutung auf Kaschka aufgehalten, noch an der Thür. Nur die
Kinder stehen andächtig vor Klaus, der sich betreten umsieht:)

Gehn wir auch!
(Mit den Kindern ab.)

.

Dritte Scene.

Stefan
(hält die abräumende Kaschka auf).

Jetzt, holdes Kind, sind wir allein,
Die bösen Lauscher fern —
Zum Herzchen da das Schlüsselein
Fänd ich gar zu gern!

Kaschka.

Geht aus dem Wege, laßt mich in Ruh —
Hört Ihr?

Stefan.

Warum denn gleich so zornig sein?
Ich kann doch nichts dafür.
Die Biene muß zur Rose . . .

Kaschka.

Zum Kuckuck, so bleibt doch allein hier!

(Geht zur Saalthür, stampft auf, kehrt zurück. Stefan hat sich
affektirt nachlässig vorn auf einen Stuhl gesetzt.)

Stefan.

Wie seltsam: aus Brünn ist das Mädchen,
Und hier trifft sie ein Landsmann . . .
Dich zähm ich, schmucke Dirn!

(Lied:) Blaues Aug, blauer See —
Blonder Janku, schaust so weh?
Matt mein Fuß, trüb mein Sinn,
Weil ich in der Fremde bin . . .

Kaschka.

Wer seid Ihr? Woher kennt Ihr das Lied?

Stefan.

Aus Brünn bin ich, und man singt es dort.

(Springt lachend auf, reicht ihr die Hand hin:)

Bist mir noch bös, daß ich keck war?
Wie kommst denn Du ins Ausland?

Kaschka

(in tiefer Bewegung ringend).

Trübt mir die Freude nicht,
Fragt nicht um mein Geschick!
Bin ein Weib, und bitter
Büß ich ein kurzes Glück.

Traute dem Mann, den ich liebte,
Ja blindlings glaubte ich an ihn —
Ach, um mein Ehre
Mußt ihm nach ich ziehn!
So kams. Ich ward sein Weib.

(Trocknet sich die Augen.)

Hätt er mich lieb, ich wollte gern entbehren,
Kein besser Loos in Wachen und Träumen begehren.
Kaum darf ich noch reden,
Nichts mehr gilt ihm mein Wunsch,
Andern schenkt er sein Herz, mit andern lacht er —
Er ist ein Tyrann!

Stefan.

Armes Weib, wie traurig!
Mitleid erfüllt mein Herz . . .
Da still zu sein, macht dem Landsmann Pein,
Da greif ich ein.
Schon morgen komm ich hin,
Aendr ihm den Sinn.

Kaschka.

Wenn Ihr hofft — versuchts!

Stefan.

Hier meine Hand zum Pfand!

(Man sieht den Tanzsaal sich füllen.)

Kaschka.

Hier glaubt mir niemand,
Alles verklagt mich,
Keiner versteht mich,
Theilt mein Leid.

Stefan.

Das ist nicht männlich,
Fern von der Heimat
Quälen ein banges
Hilfloses Weib!

Matrose (in der Saalthür).

Stefan, wo bleibst Du?
Die Mädchen rüsten schon zum Tanz.
Komm doch!

Stefan.

Tanzt immer zu, ich komme gleich.

(Matrose ab. Kaschka setzt sich. Die Musik im Saal spielt einen
Rheinländer und man tanzt. Stefan bei Kaschka:)

Seid nur getrost und trocknet die Thränen!
Dürft an den Landsmann vertrauend Euch lehnen.

Kaschka.

Selger Hoffnung weicht der Schmerz.
Euch vertraut mein banges Herz . . .
Werd ich noch einmal froh,
Schließ mein Gebet Euch ein . . .

Stefan.

Greift hier kein Himmel ein?
Solch holdes Wesen!

Kaschka.

Ja, noch am jüngsten Tag
Will ich Euch Fürsprech sein . . .

(Die Musik bricht ab. In der Saalthür der Matrose mit Mädchen-
chor, dahinter Peter.)

—————•—————

Vierte Scene.

Matrose.

Seht Ihr den Sünder? Nehmt ihn aufs Korn!

Stadtmädchenchor

(auf Stefan zulaufend, der lachend mit einem Arm die an ihm
Zerrenden abwehrt, mit dem andern sich erst am Tisch, dann an
Kaschka, die aufgesprungen, hält; hinten Peter sichtbar).

Holla, da steht er, der schlimme Gesell —
Was sie künden, ist wahrlich kein Scherz.
Immer was Neues braucht er fürs Herz.
Gehst Du, Du Leichtfuß und führst uns zum Tanz!
Solche Kränkung, das ist unerhört!
Ha, wer ein Mann ist, der hält das ganz,
Was er Damen, so holden, beschwört.

(Lachen. Stefan läßt Kaschka los, wird von zwei Mädchen bei den
Armen gefaßt und fortgeschleppt.)

Rettet das Liebchen, eh ers bethört! (Lachen.)
Ob er sich wehrt — laßt ihn nicht aus! (Ab.)

—————•—————

Fünfte Scene.

Kaſchka.

(erblickt Peter, der vortritt, flüchtet mit einem Aufſchrei zwiſchen
die Tiſche).

Peter (grimmig).

Komm her zu mir? Was fällt Dir bei?
Biſt Du ein ſittſam Weib?
Ein Fremder faßt Dich an;
Als ſein Liebchen darf man Dich verhöhnen.

(Auf ſie zu:)
Komm vor!

Kaſchka.

Bleib mir vom Leib — ich bin nicht ſchlecht,
    wie Du!
Fern in die Heimath träumt ich mit dem Lands-
         mann,
Gönnſt Du mir nichts, ſo gönn mir dies!

Peter.

Du natürlich — biſt ein Engel:
Natürlich!
Ständ Dir die Schuld nur nicht ſo im Geſichte!
Landsmann — ja ja, das kennt man ſchon.
Mit Launen darfſt Du dreiſt mich quälen,
Ich trags geduldig, wie Du ſchmähſt:
Doch weh, fänd Schmutz ich an Deiner Ehre je —
Dann vorbei! Dann mag mich Gott behüten.

3

Wenn ich nicht kam,
Betrogst vielleicht Du heut mich noch —
Wer weiß!

Stefan

(mit dem Wirth, der ihm den Humpen auf dem Buffet füllen geht:
Neugierige in der Thür).

Ist das der Herr Gemahl?
Hu, wie finster schaut er drein!
Geht weg, so gefallt Ihr mir schlecht.
Bin ihr Landsmann, was sagt Ihr?
Das trifft sich doch fein?

(Wirth bringt den Humpen.)

Ei, Euch scheint das gar nicht recht.
Zum Wohl! (Trinkt.) Jetzt ruft mich der Tanz —
Wir sehn uns wieder,
Reichen die Hand uns als Brüder ...

(Tänzelt ab:)

Nun hinein ins Gewühl — tra la la — la la ...

Peter (rafft ein Glas vom Tisch).

Hanswurst — wahr Deine Knochen ...

(Holt aus. Der Wirth fällt ihm in den Arm.)

Frauen.

Bist Du des Teufels?

Männer.

Was fällt Dir ein?

Peter (zu Kaschka).

Komm vor!
Du bleibst nicht hier, Du gehst nach Haus!

Nein!

Kaschka.

Peter (packt sie am Arme).

Du, das sag ich Dir:
Ist an Deiner Treu zu rütteln —
Heut befrage Deine Seele —
Fort! Dein Bündel schnür und geh!
Noch diese Nacht zieh heim!
(Drückt sie zu Boden.)

Stefan (im Saale).

Blaues Aug, blauer See —
Blonder Janku, schaust so weh?
Matt mein Fuß, trüb mein Sinn,
Weil ich in der Fremde bin . . .

(Peter geht langsam zur Saalthür, versucht plötzlich die Menge zu
durchbrechen, wird indeß zurückgeworfen und läuft rechts ab, während
der Vorhang fällt.)

Dritter Aufzug.

Handlung:

Tags darauf, ein Sonntag Nachmittag. Kaschka beim Netz=
flicken vor ihrer Hütte. Peter, der früh ernüchtert eine
Aussöhnung angebahnt, will zur Kirche gehn; es giebt noch
eine Aussprache zwischen ihnen, gereizt endend. Da erscheint
der Vater und die Muhme: Peter ist nachts auf dem Hofe
gewesen, mit dem dunklen Entschlusse, sich von Kaschka los=
zusagen und heimzukehren, die beiden haben davon und von
den Vorgängen im Kruge gehört, und der Alte hält den
rechten Augenblick gekommen, die Ehe durch das verlockende
Anerbieten zu trennen, daß er sich aufs Altentheil setzen,
Peter den Hof übergeben würde, während die Muhme mit
der Lüge hilft, Stefan sei dorfkundig ein alter Liebhaber
der Kaschka. Peter, der Bedenkzeit bis zum Abend hat,
bleibt in völliger Verwirrung zurück, rennt fort, sich im
Dorf zu befragen. Währenddes naht Stefan singend,
Kaschka, die ihn gehört, empfängt ihn unvorsichtig in rasch
eingetauschtem heimathlichem Kostüm. So findet sie der

zurückkehrende Peter, in grimmigster Eifersucht auflodernd; als ihm Stefan vor seinem Abgange ärgerlich noch eine rasche derbe Strafpredigt gehalten, reißt er in der Wuth einen Pfahl aus dem Boden und stürzt ihm nach in das Dünengehölz, wo er ihn niederschlägt. Zerknirscht, seiner Meinung nach ein Mörder, nimmt er Abschied von Kaschka, um sich über See zu flüchten, obschon ein Gewittersturm im Anzuge; Kaschka aber bricht vor der schrecklichen Gewißheit, daß Peter sich als Mörder weiß, ohnmächtig zusammen.

―――――⟡―― ⋅ ⋅

Erste Scene.

Einen Tag später: Sonntag Nachmittag. Platz vor der Fischerhütte Peters. Kaschka, Netze flickend, bei einem Kinderwagen. Rechts Sandhöhe mit Kiefern. Dorfprospekt mit Kirche.

Kaschka.

(Lied.)

Am Bach in den Weiden saß müßig das Mädchen.
Da dachte sie sein und da ging er vorbei.
Er sah nicht das Mädchen, gab keinen Gruß ihr,
Trug einer Andern Ring an seinem Finger.
Bleich war der Himmel, bleich ward das Mädchen.
Stolz ihr vorbei zur Liebsten wohl ging er. —

(Sieht nach dem Kinde.)

O Liebe gieb mich frei, denn du weißt, was ich leide!

(Bewegt den Wagen.)

Schlaf! — Schlaf!

Der Mond schien hernieder, es rauschten die Wellen.
So tief war der Bach, und da sprang sie hinein.
Der Nachtwind, der kühle, sang in die Weiden,
Klagt um das Mädchen, sang ein Lied so trübe:
Welket, ihr Rosen! Mond, laß dein Scheinen!
Tief sind die Wasser, tiefer die Liebe. — (Nachdenklich.)
O Liebe, gieb mich frei, denn du weißt, was ich leide!

(Horcht auf, bewegt den Wagen.)

Schlaf! — Schlaf!

(Peter kommt aus dem Hause, zum Kirchgang gerüstet.)

Zweite Scene.

Kaschka.
Gehst Du schon in die Kirche?

Peter.
Man schwatzt am Eingang noch mit dem und dem.

Kaschka.
Mit dem und der!

Peter.
Nun gut, so will ich bleiben denn.

Kaschka.
Nein — geh nur und thu Buße —
Für gestern Abend!

Peter (geht zu ihr).
Unrecht that ich, ja vergaß mich im Zorn —
Du siehst ich bereue.
Verwirrt war mir der Sinn von thörichter Eifersucht,
Ich seh es ein.
Ich bat Dich, und Du hast vergeben . . .
Nicht verbittre uns das Leben,
Was ich gethan, laß es vergessen sein!

Kaschka.
Ei trag nur noch an der Erinnrung Pein!
So schmeckt der Eifersucht Elend:
Ein Jahr lang brannt es nur in mir allein —
Der Landsmann soll mein Rächer sein!

Peter (auf und ab; dann):

Gift ist mir der glatte Wicht —
Sprich von dem Verhaßten nicht!

Kaschka (steht auf).

Verhaßt, wie jene falsche Dirne mir!
Bloß aus Rachsucht hängt das Weib an Dir —
Ja, nur weil ich in den Weg ihr kam;
Kränkt ich zu Tod mich, wär sie froh,
Ihn so hassen kann nur blinder Wahn,
Dich zu kränken, hat er nichts gethan.
Sünde thust Du, denn Du kennst ihn nicht!
Der Mann ist brav, ich schwörs Dir zu.

Peter.

Sie so hassen kann nur blinder Wahn ...
Mich zu kränken hätt er nichts gethan?
Nein! ... Ich kenn ihn gut genug;
Du schweigst von ihm!

(Bezwingt sich.)

Kaschka, mach Frieden!

(Reicht ihr die Hand hin.)

Komm und sei mein Glück! Die Welt hat kein
    andres sonst mir zu geben.
Vor bittrer Reue schützt uns nichts, als die Liebe
    nur — sei wieder mein!

Kaschka.

Laß von der Dirn! Hör auf, mit ihr zu reden!

Peter.

Man lacht mich aus.

Kaschka.

Was thuts? Sei nicht der Narr für Jeden!

Peter.

Ich bin kein Narr!

Kaschka (entschlossen).

Nun gut, so quält mein Herz sich weiter.
Doch geh es Dir wie mir.

(Im Hintergrunde ist die Muhme sichtbar geworden, im Kirchgangs-
putz: auf ihr Winken erscheint würdevoll der alte Bauer; Kaschka
bemerkt sie, zur Arbeit zurückkehrend.)

Dritte Scene.

Kaschka (zu Peter).

Schütze Dich! Gespenster — o mein Gott, fort!

(Stellt sich schützend vor den Wagen.)

Peter (sich umsehend, betroffen).

Sei ruhig — geh ins Haus — (dringender:)
Ich bitte Dich, geh!

Kaschka (verwirrt).

Wie mir das Herz pocht! — Sie brüten Unheil —
Ihre Blicke sind vergiftet...

Muhme (mit spöttischer Verbeugung).

Ei, Madam — wir leben noch.
Ja, ja, gesund sind Vieh und Ernte,
Der Fluch hat nichts geschadet;
Welch hartes Mißgeschick!

Kajchka (außer sich).

Ein Teufel thut dem andern nichts!

(Mit dem Wagen ab ins Haus.)

Vater (zu Peter).

Spät zur Nacht noch kamst Du gestern,
Im Hof nach mir zu fragen...

Muhme (zum Vater).

Gieb Acht, es ist umsonst.

Vater.

Um Wichtges wohl ward uns die Ehre:
Sprich, was hast Du zu sagen?

Muhme.

Ich bin gespannt darauf.

Peter (verlegen).

In dieser Nacht... kaum weiß ich, wies geschah...
Mich triebs zum Vater, ihn zu versöhnen.

Vater (nachdrücklich).

Vom Wirthshaus trunken kamst Du an;
Weshalb, das weiß hier jedermann:
Dein Weib trieb schamlos frei
Mit Andern Buhlerei —
Du spieltest den verlornen Sohn . . .

(Peter will unterbrechen.)

Streit nicht!
So leicht einst gingst Du fort von mir.
Dein Loos ist hart jetzt: wer schuf es Dir?
Ein Weiberknecht bist Du im eignen Haus:
Nach Dirnenlaunen schaust Du kläglich aus.
Ein Tropf, wer draußen klagt,
Daheim am Jammer nagt!
Was Wunder, wenn die Frau ihn narrt?
Recht ists!
Du bist mein Sohn, ich will helfen,
Mehr als Du verdienst:
Trenn Dich von diesem Weibe;
Dies Gerümpel schenke ihr;
Ich geh ins Ausgeding, der Hof sei Dein —
Und wir sind ausgesöhnt.

Peter (unsicher).

Ist das Euch Ernst? . . . Noch faß ichs nicht . . .

Muhme (spöttisch zu Peter).

Was hab ich gesagt?
Ich hab sie durchschaut die gekränkte Unschuld. (Lacht.)
Wir wissen alles.

Ein rührendes Wiederjehn
Mit einem alten Liebsten —
Wer könnte da widerstehn?
Ein Schäferstündchen — und wer weiß, was noch?
Dirnen, Matrojen lachen Dich aus!
Kein andrer Gimpel ging in ihr Netz.

Peter (erbittert).

Beiß, alte Schlange! Spritz Du Dein Gift nur! —
Büß in der Hölle! 's ist Lüge und Verleumdung.

Muhme.

Verleumdung? He, da frag im Dorfe nach.

(Glockenschläge für den Nachmittags-Gottesdienst.)

Vater (zur Muhme).

Genug; jetzt komm! (Zu Peter:)
Dir bleibt die Wahl.
Du hast Bedenkzeit bis heute Abend.
Entscheide Dich! Wir gehn zur Kirche.

(Vater und Muhme ab.)

Peter (allein, in innerm Kampfe).

Entscheide Dich! . . . Entscheide Dich!
Ha, spräch sie die Wahrheit,
Wüßte, was man barg vor mir!
Freiheit winkt und Vaterhaus;
Ich steh lahm und zaudre hier . . .

O fürchterliche Wahl!
So trotzt die Unschuld nur . . . und doch! . . . und doch!
Ich frag im Dorf . . . .
Es ist nicht wahr! (Stürmt ab.)

— — ⚊ • ⚊ — —

Vierte Scene.

(Die Bühne ist leer. Kurzes Zwischenspiel. Stefan im Dünenwalde:
„Hoiahoh!")

Stefan (noch im Walde).
(Lied.)

Blumen am Wege, wie so hold ihr mich lockt
mit der bunten Pracht!
Seid fröhlich, denn euer harrt ein seliges Loos:
für die Schönste pflück ich euch.

(Erscheint zwischen den Kiefern, in der Hand ein Feldblumen=Bouquet.)

Ob ihr am Busen dürst verscheiden,
In ihrem Stübchen welkt der Stern —
Ich muß um euer Loos euch neiden:
Euch ist sie nah, mir ewig fern!
Blumen am Wege, wie so hold ihr mich lockt
mit der bunten Pracht —
Mir liegt doch im Sinne nur die Rose, die traurig
im fremden Garten blüht.
O dunkle Rose: zieh ich fern, vergiß nicht mein!
(Steigt im Singen zur Bühne herab.)

Still . . . kein Fenster klirrt;
Das war vergebne Müh. (Horcht.)

Kein Laut ... ist niemand da?
Ich denk sie wohnt doch wohl hier ...
Klopfen wir an!

(Geht über die Bühne zur Hausthür. Indem er klopft, thut sich
die Thür auf, Kaschka in mährischer Tracht erscheint. Stefan tritt
zurück:)

Was seh ich? Welch holder Anblick?
Täuscht süß ein Traumbild hier?
Kam aus der Heimath mein Mädchen zu mir?
Ha, wärt Ihr noch zu Haus:
Welch Unheil käm dort aus! (Scherzhaft:)
Weh mir Armen!
Schont mich und meine Ruh!

Kaschka (hervortretend).

Ei ei ... ich hört Euch längst.
Ja ja: ein ganzes Jahr ging ich nicht so;
Nur Euch zu Ehren geschiehts heut —
Bedankt Euch schön, mein Herr!

Stefan.

Ich küß die Hand, die Euch verzaubert.
(Handkuß.)

Kaschka.

Ihr seid ein Schelm, das merkt ich längst.
(Mit Beziehung:)
Mir scheint, Ihr liebt am Weg die Blumen ...

Stefan (überreicht das Bouquet).

O nimm Dich, Sonne, ihrer an!

Kaschka (verschämt).

Schweigt, ich darf's nicht hören ...

(Geht zu den Netzen, einen Faden holen.)

Ihr seid ein Schmeichler.

(Besieht unterwegs den Strauß, zieht Veronika heraus und wirft
sie auf den Boden.)

Pfui! Das ist Männertreu, die taugt nichts.

(Lied:) Blaublümchen du mit dem Unschuldsblick,
Falsch ist all deine Zier:
Die Blätter fallen wie Schwüre,
Die Luft verweht sie vor mir.

(Zurückkehrend, den Faden umwickelnd.)

Ei lacht nur über mein Liedchen!
Es brennt Euch doch, verstellt Euch nur!
Wahrheit, die hört man nicht gern;
Ach — und ihr seid ja die Herrn!

(Verbeugt sich, immer wickelnd.)

Und blüht am Weg eine Blume,
So denkt man gleich: die pflück ich mir.
Hat man die eine bethört,
Geht man zur nächsten und schwört.
O weh, Männertreu!

(Mit Wickeln fertig; riecht am Strauß.)

Doch wir sind ja so fromm und wir sind ja
so zahm,
Und man lacht uns hübsch aus ...

Stefan (scherzhaft).

Schuldlos füg ich mich drein!

Kajchka.

Und wenns eine Närrin zu Herzen sich nahm,
Ei was macht man sich draus!

Stefan.

Bin wie Engel so rein!

Kajchka (plötzlich ernsthaft).

Ich fränk Euch — verzeiht mir;
Ihr kennt ja mein Loos.
Zuviel muß ich Arme leiden.

Stefan (frisch).

Ei was, Ihr müßt nicht so ernsthaft sein!
Schafft Euch fröhlichen Muth!
Der Mann liebt Lachen und Scherzen.
Bedenkts; der Rath ist gut.

Kajchka
(wendet sich piquirt ab; über die Achsel:)

Mein Herr — ich dank Euch sehr . . .

Stefan.

O weh!

Kajchka.

Ihr wißt, was nützlich ist . . .

Stefan.

Ich Sünder!

Kajchka.

Nun bin ich klar.
Ihr helft einander . . . .

4

Stefan.

Sei gnädig!

Wir Bösen!

Kaschka.

Ihr Braven!

Die Frau ist immer schuld.

(Dreht sich um, horcht ängstlich.)

Still . . . hört Ihr nichts?

Stefan.

Nichts.

Kaschka.

Ach, mir wird so bang zu Muthe . . . .
Aus der Kirche kommt mein Mann,
Gleich ist sie aus . . .
Seid lieb zu ihm!

Stefan. (Lacht.)

Da ist er fromm.

Kaschka

(mit den Augen umhersuchend).

Mein Mann ist bös auf Euch.

Stefan.

Was hab ich zugesagt?
Glaubt Ihr, ich fürchte mich?

Kaschka.

Im Jähzorn ist er so maßlos . . .

(Geht zu den Netzen, legt die Blumen ab, nimmt ihr Kopftuch
herunter.)

Stefan.

Bah! Ich steh bereit,
Ich bin gefeit!
Der Feldschlacht Pulverdampf,
Der Elemente Kampf
Muß ich überstehn — ja —
Mir kann nichts geschehn. (Uebermüthig.)
Ich bin gefeit!

Kaschka (abwehrend).

Vermeßner! ... (Erschrocken:) Mein Mann.

(Im Hintergrunde steht Peter. Wechselnde Wolkenschatten immer
häufiger, andauernder.)

———— • ————

Sechste Scene.

Peter.

Ich kam zu früh zurück — hier giebts Verrath!

Kaschka.

Weh mir, ich habs geahnt!
All mein Muth verläßt mich.
Wagt ich zu viel hier?
Straft sich das Spiel mir?
Ganz wie gestern glüht sein Aug, ich sehs mit Graun.

Peter.

In die Kirche schickt den Mann sie
Und vergnügt hier ihren Buhlen ...
Ihre Unschuld Lug und Trug —
Genug! Genug! (Tritt rasch vor.)

4*

Stefan (gegen Peter).

Welch Geberden! Sei nur friedlich!
Bald gemüthlich sollst Du werden. (Zu Kajchka:)
Was ist? Ihr zagt?
Schreckt Euch sein bös Gesicht?
Meint Ihr, solchen grimmen Löwen zähm ich nicht?

Peter
(ingrimmig, breit zwischen den Beiden).

Ja, ja, ich bin hier, der Mann!
(Zu Kajchka:) Das paßt Dir schlecht...
(Zu Stefan:) Ihr schweigt, versteht Ihr mich?
(Zu Kajchka:) Wie süß! Geputzt wie ne Dirn,
        die vom Manne sich nährt.
Wer weiß, wieviel Du so bethört.
(Reißt ihr das Kopftuch aus der Hand.)
Den Lappen her!
Die Fetzen vom Leib! (Verbissen:)
Lauf nur mit ihm, ich geb Dir Reisegeld.
(Greift in die Tasche.)

Stefan (gegen Kajchka:)
Faßt endlich Euch ein Herz!

Kajchka (gegen Stefan:)
Ach was hilfts... Welch ein Elend! (Zu Peter:)
Komm doch zu Dir und höre mich an!
Schuldlos sind wir Zwei, ich schwörs Dir zu —
So wahr ein Gott lebt!
Deinetwegen kam er her...

Stefan.

Ich will Euch Rede stehn . . .

Kaschka.

Wollte mit Dir reden . . .

Stefan.

Was tobt Ihr so?

Peter.

(Zu Kaschka:) Nur zu, und brenne Dich weiß —
　　　　doch ich höre nicht gut.
(Zu Stefan:) Und was wollt Ihr?
Ihr kommt zu mir?
Seht Euch hübsch vor, Herr — 's ist besser, Ihr geht.
Mir juckt die Faust — gebt Acht, ich schlage zu!
Nehmt sie mit; ich wehrs Euch nicht.

Stefan.

Stellt den Dampf ab; welch ein Unsinn!
(Gegen Kaschka:) Noch verzweifl' ich nicht.

Kaschka (sehr aufgeregt):

Ach ich bitt Euch, geht!

Stefan (zögert).

Gut; Ihr wollts. (Zurücktretend, zu Peter):
Doch Ihr — hört noch ein Wort, denn ich fürchte
　　mich nicht,
Und Ihr schämt Euch vielleicht:
Einen Stein wohl erbarmt die Frau, die bei Euch
　　hier verkommt.

Lump der Mann, der nimmt ein Weib und hält
es schlecht.
Wär sie treulos, Euch geschäh ganz recht.
Jetzt wißt Ihrs!

(Eilt erregt ab, die Kiefernhöhe hinauf. Peter kämpft mit sich, reißt
nacheilend in ausbrechender Wuth einen Pfahl aus der Erde,
Kaschka bemüht sich mit einem Aufschrei, ihn zu halten, er schüttelt
sie ab, stürmt bergauf. Die Scene ist verdunkelt, Kaschka, in die
Kniee gesunken, bedeckt die Augen. Glockenschläge und schwaches
Donnergrollen — jene den Kirchausgang andeutend.)

Kaschka (auffahrend).

Mutter Maria, höre mich!
Dir ist die Macht gegeben:
Lähm ihren Arm! Schlag sie mit Blindheit —
Hilf Du! Hilf Du!
(Peter kommt verstört herab. Kaschka angstvoll:)
Was ist?

Peter (an ihr vorbei).

Nichts.

Kaschka (richtet sich auf).

Du lügst. (Flehend:)
Was ist geschehn? O sag mirs!
Sieh meine Angst.
(Fortgesetzt deutet sich bis zum Schlusse des Aufzugs nahendes
Gewitter an.)

Peter.

Laß gut sein, Du armes Weib;
Du änderst nichts.

Kaschka (bei ihm, dringend):

Woran?

Peter.

Klag um mich — (ausbrechend:) denn ich bin elend.

Kajchka (erschüttert).

Durch mich? Durch mich? O Lieber, verzeih mir!
Ich quälte Dich aus lauter Liebe . . .

Peter (umfaßt sie).

Du nicht — Du nicht — ich nur bin schuld,
Und der Himmel, Kajchka, straft mich . . .
Ach, und Dich!

Kajchka (fällt vor ihm nieder).

Barmherziger! — Jetzt sag mir die Wahrheit!
(Faßt seine Hand.)

Peter (hebt sie auf).

Steh auf und fasse Dich!
Gott mit Dir, mein Weib!
Sag, hast Du mich lieb noch?

Kajchka.

Wär mir so bang um Dich?

Peter (dumpf).

Wenn dieser Mensch nicht kam,
Der — und dann die Zwei . . .
Alles ward wohl gut noch.
Uns schied ein Wahn bloß.

Kajchka (starrt ihn an).

Peter!

Peter.

Ach, daß mein Trotz Dich so gequält!
Mit blutgen Thränen büß ich . . .

(Horcht auf, läßt Kaschka los.)

O Gott — man kommt — jetzt muß ich fort —
Sorg für das Kind — ich hol Euch nach —
leb wohl . . .

(Reißt sie leidenschaftlich an sich, läuft ein Stück, kehrt um.)

Leb wohl!

(Umarmt sie noch einmal, dann hinten links ab.)

Kaschka

(eilt nach, kehrt um: aufschreiend:)

Peter — Mörder . . .

(Bricht ohnmächtig zusammen. Der Vorhang fällt.)

Vierter Aufzug.

Handlung:

Mondnacht, vertobendes Gewitter. Der Wirth, der soeben Peter auf dem Boote in die See geholfen hat, kommt von der Düne in den Krughof nieder, von der Wirthin empfangen, die ihm berichtet, daß Stefan genesen, die arme Kaschka aber wohl dem Wahnsinn verfallen werde. Da erscheint diese selber. Allerlei Erinnerungen zu irren Reden verflechtend, schwatzt sie; mitten hinein kommt ihr eine furchtbare Vision: hellseherisch erblickt sie, wie das Boot mit Peter untergeht. In höchster Aufregung will sie in die See laufen, ihm Hülfe bringen, ringt sich von dem sie aufhaltenden Wirth los und rennt in den Wald. Indeß die Wirthsleute ins Dorf um Beistand laufen, kehrt sie zurück: ein rührender Abschied am Fenster von ihrem Kinde, ein paar träumerische Reminiscenzen noch — dann geht sie, von Peter gerufen, wie sie wähnt, ihm nach, in die aufgerührte See, in den Tod.

Erste Scene.

Das Vorspiel deutet einen Gewittersturm an der See an. Hof beim
Krug, auf der Düne, mit Blick auf die bewegte See; rechts Wald.
Nacht: verschleierter Mond, über der Thür zum Krug (mit hohem
Treppenaufbau) eine Laterne. Man hört das Grollen der See. Das
Gewitter im Abziehen.

Wirth
(links im Hintergrunde, auf die See ausspähend).

Gott steh ihm bei . . . flott ist das Boot,
Doch jede Woge droht den Tod.
Nur die Verzweiflung fährt in solchen Graus —
Mein armer Freund, ich fürchte:
Mit Dir ists aus!

Wirthin (oben aus der Thür getreten).
Bist Du hier?

Wirth.
Hier bin ich; was willst Du?
(Kommt vor; sie steigt nieder.)

Wirthin.
Wie lange bleibst Du aus?
Ich weiß mir nicht Rath . . . .
All der Jammer im Haus!
Wo ist Peter?

Wirth (führt sie hinter, zeigt).
Dort fährt er hin.

Wirthin.

Bei diesem Seegang?
Ach welch ein Unglückstag!

(Gehen wieder nach vorn.)

Wirth.

Und der Matrose — kommt er durch?

Wirthin.

Ja, der Arzt hat noch Hoffnung für ihn.
Ach, aber Kaschka, die Arme!
Sie sieht und hört mich nicht . . . .
Versuche Du Dein Heil; zu traurig ist's!
So sitzt sie noch im Lehnstuhl,
Starrt vor sich wie ein Steinbild.
Ach Mann — die endet noch im Wahnsinn!

(Kaschka, nothdürftig gekleidet, erscheint in der Thür.)

Wirthin (ihr entgegen).

Allmächtiger! Was suchst Du hier?

Kaschka (starr).

Pst! — Weckt das Kind nicht!
Es schläft so süß . . . schlafe! (Kommt treppab.)
Ach, ich bitt Euch, seid nicht bös zu ihm!

Wirthin.

O Mann, so rede doch!

Wirthin (auf die Kranke zu).

Kaschka . . . .

Kaschka (die Wirthin fortschiebend).

Nein!

(Vorm Wirth, ihn starr ansehend:)
Wart Ihr auch mal Soldat — ja?
Ihr warts; ich kenne Euch.

Wirthin (faßt sie am Arm).

Sei doch vernünftig Kaschka!
Komm, wir gehn hinauf.

Kaschka (abwehrend).

Still! — So wars, ja ja:
Der Schatz weint hinterdrein.
Euch ists gleich. Aber wir armen Mädchen
Sitzen in Schmach und Schande.
Soll ichs Euch wirklich klagen,
Vom Vater sagen,
Wie der mich schlug? . . .
Er erschlug ihn — wißt Ihrs schon?
Ach — der Matrose — schad um ihn!
Ich hab ihn nie geliebt.
Er war ein netter Schelm, der Arme —
Und so gut!
Er brachte mir Blumen mit —
Ich glaub, er mochte mich gern . . .
(Irres Lachen. Plötzlich aufgeregt in die Luft starrend, visionär:)
Seht dort — der Peter fährt im Boot dahin —
Maria, schütz ihn vorm Ertrinken!
O weh — voll Wasser ist das Boot um ihn —
Zuviel — mein Gott, er muß ja sinken!

Heilger Gott, laß ihn nicht sterben —
Rette ihn aus dem Verderben . . . .

(In höchster Erregung:)

O diese Welle — immer höher — himmelan
steigt sie . . .

Wirth.

Jetzt haltet ein!

.

Kaschka (zur See hin).

Die Welle — da kommt sie —
Ich bitt Euch, geht — es wird zu spät —
So helft doch — helft!

(Will zur See, der Wirth springt vor sie, fängt sie ab.)

Laßt los mich!

(Seitwärts ab in den Wald, Wirth hinterher, erscheint gleich darauf
wieder.)

Wirthin (auf ihn zu, händeringend).

O Himmel!

Wirth (hastig).

Ins Dorf! Sie läuft davon wie wild.
Das Unglück! Wir holen Leute her.

Wirthin.

So komm!

Wirth.

Gott, das arme Weib!

(Beide ab. Zwischenspiel. Der Mond tritt voll heraus: glitzerndes
Wasser.)

— —.

Zweite Scene.

Kaschka (aus den Bäumen schleichend, horcht).
Alles ist fort . . . und ich gehe auch.
Er rief so laut in seiner Noth!
Das arme Kind — ach, was wird nur?
Zu niemand will das Kind.
(Sehnsüchtig zum hellen Fenster an der Treppe hinauf:)
Obs wohl noch schläft . . . noch einmal nur!
(Eilt treppauf, beugt sich übers Geländer zum Fenster.)
Engel, behütets!
Es giebt so böse Leute.
Mein süßes Kind! . . . Ich hab nicht Zeit,
Der Weg ist weit . . .
(Treppab, unten grübelnd:)
Als er noch lebte, gabs schlimme Träume;
Der böse Feind war neidisch . . .
Es war ein Wahn, und brachte so viel Leiden!
Wenn ich so denke dran, ich könnte weinen!
(Träumt starr vor sich hin.)
(Lied.) Mädchen mit dem blonden Haar,
Schmerzt Dichs, daß er treu mir war . . .
O weh! (Faßt an den Kopf.) Wie mich mein Kopf schmerzt!
(Löst ihr Haar auf.)
Das sah er gar zu gern . . .
Ach ja, er liebte mich . . .
(Ein paar Schritte nach der See zu, dreht sich um.)
Wie er mich ansah! Ach die Augen . . .
(Schlägt das Kreuz.)
Gott gebe Glück auf den Weg!
(Geht langsam zur See hinunter, — unten, noch halb sichtbar, umsinkend:)
Ach!
(Der Vorhang fällt.)

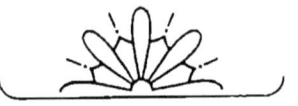

Buchdruckerei Aug. Krebs
Charlottenburg, Berlinerstraße 40.

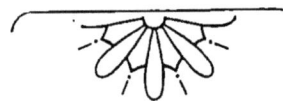